W9-BAS-926

Dos lobos blancos

© Del texto: Antonio Ventura
© De las ilustraciones: Teresa Novoa
© De esta edición: Editorial Luis Vives, 2004
   Carretera de Madrid, km. 315,700
   50012 Zaragoza
   teléfono: 913 344 883
   www.edelvives.es

ISBN: 84-263-5268-5
Depósito legal: Z. 858-04

 Talleres Gráficos Edelvives (50012 Zaragoza)
Certificados ISO 9001
Printed in Spain

Dos lobos blancos

Antonio Ventura | Teresa Novoa

EDELVIVES

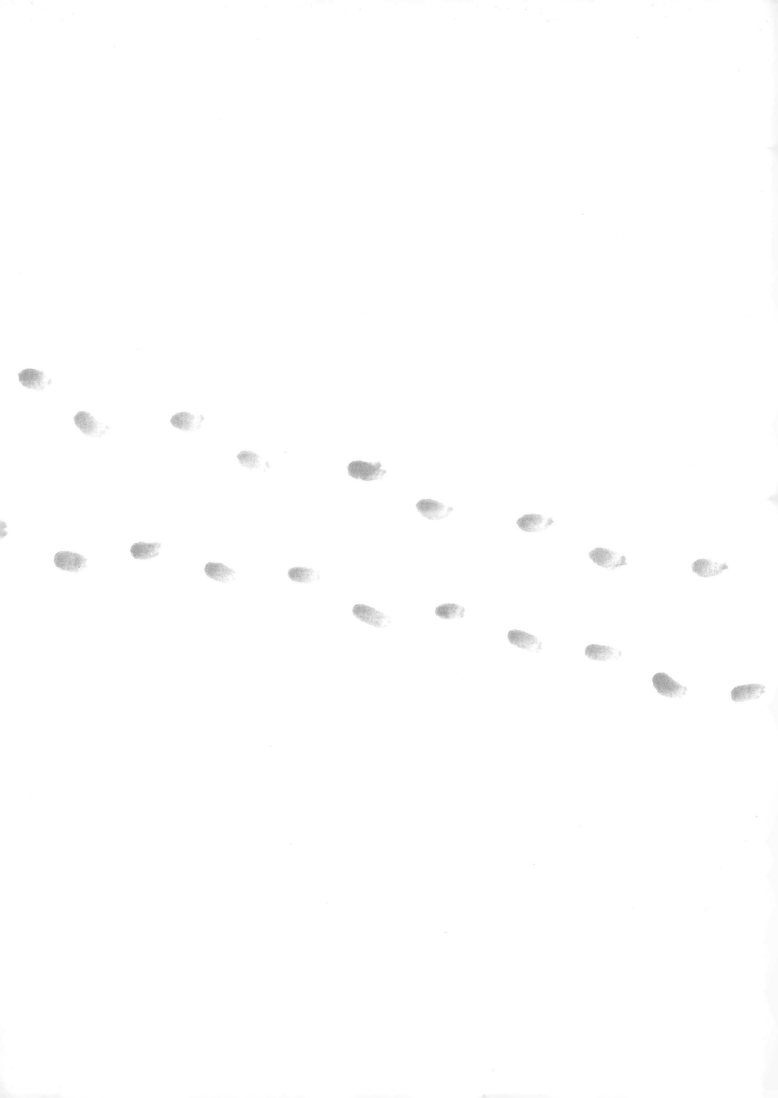

El cuento es un breve sueño
Jorge Luis Borges

*A Xabier, amigo, maestro de
la palabra y de la vida.
Mi mejor abrazo.*
A. V.

*A mi madre.
A José, Irene y Andrés.
A Floro que me llevó a conocer la nieve.
A Dina que está tantas veces en este libro.*
T. N.

Duerme el valle el lento sueño del invierno.
El blando silencio se rompe a veces por el crujido de las ramas
que se quiebran bajo el peso de la nieve, y su ruido se multiplica
en el eco que repiten las montañas de roca, que cierran el desfiladero.

Ocho pisadas avanzan su huella sobre el blanco manto.

La bruma se extiende sobre las copas de los robles,
flotando bajo un cielo de nubes grises.
El agua del arroyo se ha detenido en hielo y se quiebra
bajo la peso de los dos lobos blancos.

Caminan con el lomo pegado, la mirada fija al frente.
Pronto alcanzarán la cima de la montaña.

A su paso, la nieve cede en los declives del terreno sembrado
de hojas secas y matorrales de brezo
que salpican el opaco tapiz que forma la helada continua.
La noche les alcanza antes de llegar a la cresta rocosa.

Un aullido desgarra el silencio de la noche.
El viento arrastra las nubes y un azul profundo aparece
en lo alto del cielo.

Los lobos se detienen bruscamente.
El olfato les señala la dirección.

Remontan la ladera de cedros azules, rodean los riscos
de granito y descienden hacia lo más angosto del valle.
El cielo, ya despejado, ofrece un mosaico de estrellas lejanas
y una media luna creciente en la noche inmensa.
La llamada de socorro está próxima.

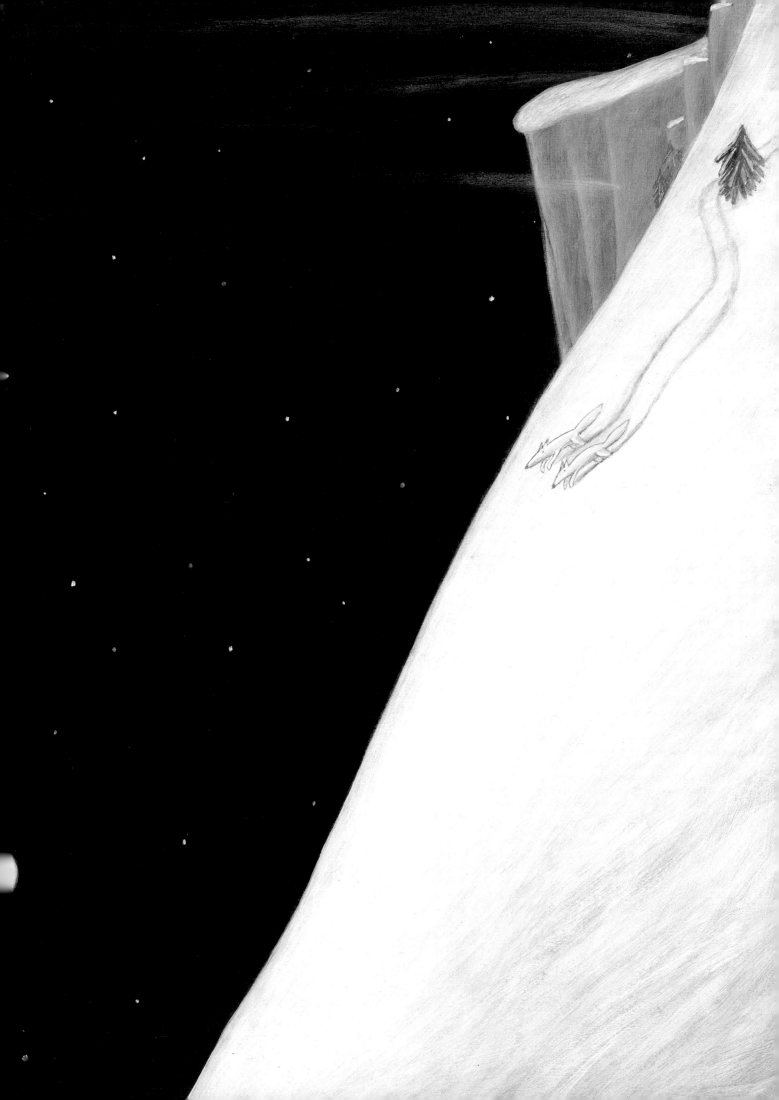

Se detienen. Alzan la cabeza. Reanudan su marcha,
ahora lentamente, con más cautela.
El aullido proviene de la sima del valle.

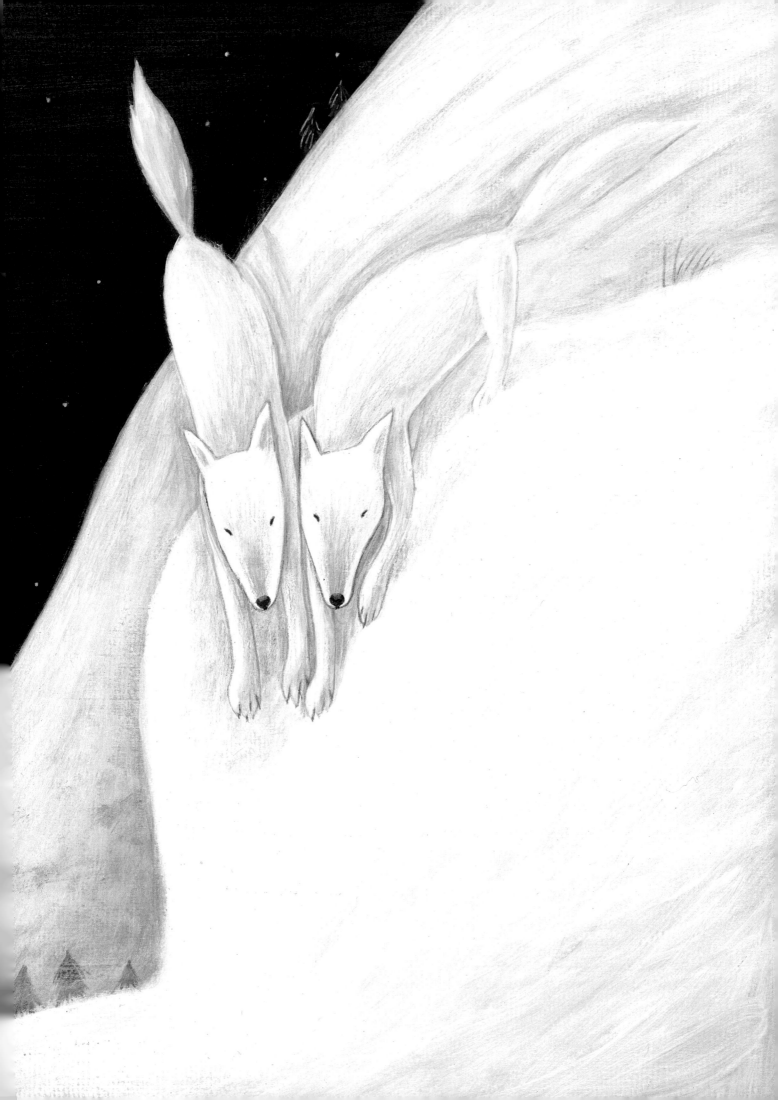

El terreno se desliza en pendientes por las que resbalan sus cuerpos. Llegan a lo más hondo de la garganta.

La loba herida se encuentra tendida junto a la boca
de una pequeña cueva.

Un lobezno, a su costado, lame la herida de la madre.

El sobresalto del cachorro, ante la presencia de los machos,
alerta a la loba. Trata de incorporarse.

El dolor la retiene en el suelo.

Los dos lobos se miran. Uno se tiende a su lado.

El otro vigila la noche.

La luna ilumina
la ladera sur
del valle de la niebla.
El silencio
se quiebra
bajo el peso
de la nieve
en las ramas
de los robles.

Dieciséis pisadas dibujan un rastro en la blanca nieve.